AF462192

15 Avril 1910

Succession de Madame la Baronne du Mesnil, née Allard

Veuve en premières noces de M. Prosper CRABBE

Tableaux Anciens et Modernes

PAR

MIEREVELT, JULES DUPRÉ, E. MEISSONIER, TH. ROUSSEAU, ALF. STEVENS, F. WILLEMS

Œuvre importante de P.-P. RUBENS

OBJETS D'ART ET D'AMEUBLEMENT

Succession de Madame la Baronne du Mesnil, née Allard
Veuve en premières noces de **M. Prosper CRABBE**

CATALOGUE

DES

TABLEAUX ANCIENS ET MODERNES

Par :

MIEREVELT, JULES DUPRÉ, MEISSONIER, TH. ROUSSEAU, ALF. STEVENS, F. WILLEMS, ETC.

Œuvre Importante de P.-P. RUBENS

AQUARELLES

MEUBLES ET OBJETS D'ART

ANCIENS ET MODERNES

FAIENCES ET PORCELAINES

Importante Garniture en ancienne Porcelaine du Japon

BRONZES D'ART ET D'AMEUBLEMENT

BRONZES ANCIENS DE BARYE

SCULPTURE — LAQUES — ÉMAUX CLOISONNÉS

TAPISSERIES ANCIENNES

Ameublement de Salon en Ancienne Tapisserie d'Aubusson

DONT LA VENTE AURA LIEU, A PARIS

HOTEL DROUOT, Salles Nos 9, 10 & 11 réunies

Le Vendredi 15 Avril 1910, à deux heures
Et le Samedi 16 Avril 1910, à trois heures et demie

COMMISSAIRE-PRISEUR

Me PAUL SCOTÉ, à Paris, 85, rue Saint-Lazare

EXPERTS

Pour les Tableaux :	*Pour les Meubles et Objets d'art :*
M. JULES FÉRAL	**MM. PAULME & B. LASQUIN FILS**
7, rue Saint-Georges	10, rue Chauchat | 11, rue Grange-Batelière

A PARIS

Chez lesquels se distribue le présent Catalogue

EXPOSITIONS

PARTICULIÈRE : *Le Mercredi 13 Avril 1910* . . . . . . } DE DEUX HEURES
PUBLIQUE : *Le Jeudi 14 Avril 1910* . . . . } A SIX HEURES.

Entrée par la rue Grange-Batelière

CONDITIONS DE LA VENTE

Elle sera faite au comptant.

Les adjudicataires paieront *dix pour cent* en sus des enchères.

Les expositions mettant le public à même de se rendre compte de l'état et de la nature des objets, aucune réclamation ne sera admise une fois l'adjudication prononcée.

ORDRE DES VACATIONS

Le Vendredi 15 Avril 1910

Ameublement de Salon, Tapisseries, Faïences, Porcelaines, Bronzes Émaux cloisonnés.

Le Samedi 16 Avril 1910

Tableaux anciens et modernes. — Aquarelles.

N. B. — *L'ordre numérique ne sera pas suivi.*

Paris. — Imp. de l'Art, Ch. Berger, 41, rue de la Victoire.

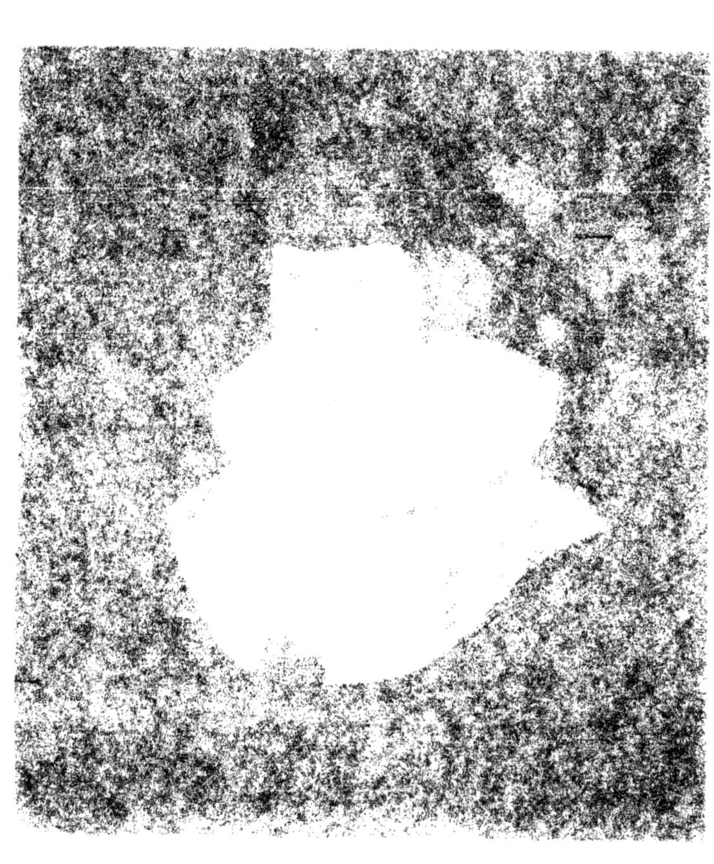

1

Désignation

TABLEAUX ANCIENS

MIEREVELT

MICHEL-JEAN

Delft, 1567-1641

1 — *Jeune Femme en noir.*

Vue de trois quarts à gauche, les yeux bleus fixés sur le spectateur, les cheveux blonds tombant sur les oreilles, elle est vêtue d'une robe noire décolletée sur une guimpe blanche et porte sur la tête un voile de tulle couvrant le front et pendant sur les épaules : autour du cou, une large fraise de lingerie rigide.

Signé à droite en toutes lettres et daté : *1625.*

Bois. Haut., 67 cent. ; larg., 58 cent.

RUBENS

(PIERRE-PAUL)

Siegen, 1577-1640

2 — *La Sainte Famille.*

80 000

Dans la campagne, sur un tertre, au pied de gros troncs d'arbres, est assise *la Sainte Famille*.

Au milieu, la Vierge vêtue d'une longue robe rouge, un grand manteau bleu verdâtre jeté sur ses épaules, la poitrine découverte, le sein nu qu'elle presse entre ses doigts pour en faire couler le lait dans la bouche de l'*Enfant* qu'elle tient sur ses genoux, et dont la tête et les épaules sont posées sur un oreiller que soutient en élevant les bras un petit ange ailé, vu de dos.

A gauche, sainte Anne, appuyée sur un berceau sculpté, soutient, avec sa main, saint Jean enfant. Celui-ci caresse Jésus qui lève le bras gauche et sa main jusqu'au visage de saint Jean.

A droite, saint Joseph, enveloppé d'un manteau gris bleuâtre et un bâton à la main, se penche et regarde la scène.

Une draperie jaune attachée entre deux branches d'arbre est suspendue au-dessus de la Vierge.

Une des plus charmantes compositions du maître, d'un merveilleux éclat de couleur. On rencontre rarement dans une collection particulière une œuvre de Rubens de cette importance et de cette beauté.

Plusieurs grands artistes et d'éminents experts ont eu l'occasion de voir cette œuvre et d'exprimer leur opinion sur son authenticité incontestable et sur sa qualité.

L'expert, M. Roux du Cantal, certifie, à la date du 24 juillet 1830 :

Après avoir examiné avec une scrupuleuse attention cette importante production dans ses détails et principalement dans ses accessoires, j'ai reconnu qu'elle était entièrement de la main de Rubens. Bien que ce maître se faisait aider ordinairement par ses élèves dans ses nombreux ouvrages, je n'ai pas trouvé dans celui-ci aucune touche étrangère.

Les « experts des Musées royaux de France », M. Charles Paillet et M. Nicolas Pérignon, dans un certificat notarié sous la date du 28 mars 1836, affirment :

« Que ledit tableau est réellement du célèbre Rubens ; qu'il est de son meilleur faire et des ouvrages les plus séduisants qui soient sortis du pinceau de ce maître, et que ce précieux tableau, par son heureuse composition, est d'un prix très élevé et bien digne de figurer dans les meilleures galeries. »

Eugène Delacroix dit :

« Voilà ce que j'ai vu de plus beau de ce grand maître, après le tombeau de saint Jacques, dont d'abord il rappelle la mémoire. »

M. Muller, artiste peintre, s'écrie :

« Oh ! le beau Rubens ! C'est un vrai bouquet, une grappe de chairs vivantes. Cela a été fait à son retour d'Italie... C'est une perle.... ! »

Paul Delaroche, membre de l'Institut, écrit sous la date du 21 septembre 1843 :

« Après avoir examiné avec le plus grand soin ce tableau représentant une Sainte Famille, qui appartient à M. Roëhn, je certifie, autant que mes connaissances me le permettent, que cet ouvrage est de Pierre-Paul Rubens. »

Baron Wappers :

« Je le proclame bien haut, depuis le tombeau de saint Jacques, dont c'est le style de l'époque, je n'ai jamais rien vu de si beau que cette Sainte Famille.. Comme c'est serré et complet ! Ce tableau est tout entier de la main du Maître et probablement de quinze ans avant sa mort, quand il revint d'Italie après avoir copié des Titien.... Ce tableau est un morceau rare et admirable, cela vaut beaucoup plus que *Cent mille francs....* »

M. Etienne Leroy :

« C'est aussi beau que le tombeau de saint Jacques... Il est supérieur à celui de la famille de Knyff, d'Anvers ; c'est un tableau d'une grande valeur, qui n'appartient qu'à un roi ou à un musée. »

Ce tableau vient de la succession de M. de Villeroud, avocat au conseil du roi Louis XV. Il a appartenu successivement à plusieurs membres de cette famille, à M. Roëhn, artiste peintre (1836), à M. le marquis de Gouvello et est en possession de M. Prosper Crabbe depuis 1869.

Toile. Haut., 1 m. 41 cent. ; larg., 1 m. 36 cent.

Collection Crabbe. Vente du 12 juin 1890, n° 11[illegible]

RUBENS

(Attribué à PIERRE PAUL)

3 — *Portrait d'un Recteur de l'Université de Louvain.*

La tête découverte tournée de trois quarts à droite, il se tient debout et regarde en face.

Vêtu de noir, avec grand col d'habit relevé en arrière, il est vu jusqu'au dessous des genoux.

De sa main droite relevée, il soutient sa toque noire contre lui, et dans la gauche il tient un chapelet à gros grains.

Figure éclairée presque de face, en pleine lumière, moustache et barbiche noires.

Armoiries de famille, en haut du tableau, à droite.

Bois. Haut., 1 m. 17 cent.; larg., 78 cent.

(Collection Huybrechts, d'Anvers.)

(Collection feu J. Allard, de Bruxelles.

(Collection Crabbe. Vente du 12 juin 1890, n° 45.)

ÉCOLE ANGLAISE

(XVIIIe siècle)

1 — *Jeune Femme en blanc.*

5 000

5 500

Vue jusqu'aux genoux, debout dans un parc, le bras droit appuyé sur une chaise, elle tient un éventail. Ses cheveux bouclés et poudrés sont ornés d'une gaze. Autour du cou, un col garni d'une ruche; une large ceinture bleue est nouée à la taille sur sa robe de mousseline.

Toile de forme ovale.

Haut., 46 cent.; larg., 38 cent.

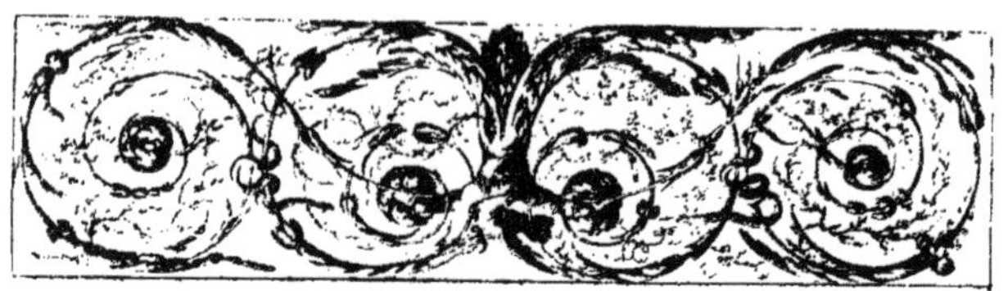

TABLEAUX MODERNES

COLLART

(Mme Marie)

5 — *Les Vaches du Moulin.*

Dans un pré planté de saules devant une muraille délabrée, trois vaches attendent l'heure de la traite.

Signé à gauche.

Toile. Haut., 83 cent.; larg., 67 cent.

DUPRÉ

(JULES)

6 — *La Forêt.*

Un bûcheron s'éloigne sur un chemin qui s'enfonce dans la forêt, au milieu de grands chênes aux troncs puissants, dont l'écorce rugueuse accroche les rayons du soleil.

L'air et la lumière circulent à travers les grosses branches noueuses, aux formes bizarres, qui s'entrecroisent dans tous les sens, de la façon la plus pittoresque.

Près du sol, quelques pousses garnies d'un feuillage rougi par l'automne.

Le silence mystérieux de la forêt est admirablement exprimé dans ce tableau, un des plus beaux et des plus importants du maître.

Signé au bas, à droite : *Jules Dupré.*

Toile. Haut., 95 cent.; larg., 1 m. 28 cent.

(Collection Crabbe. Vente du 12 juin 1890, n° 6.)

MEISSONIER

(JEAN-LOUIS-ERNEST)

7 — *Le Guide ; armée du Rhin et de la Moselle (1797).*

Un régiment de dragons sort d'une forêt de hêtre, conduit par un jeune paysan en costume alsacien, gilet rouge, culotte courte, bas bleus et souliers à boucles.

60 000

64 000

puis Tauber

Le guide est à pied, entre deux dragons à cheval, qui paraissent le surveiller de très près.

L'un tient son sabre nu à la main, le pommeau appuyé sur sa cuisse et la lame droite.

L'autre, celui qui est à gauche du guide, tient ce dernier avec une corde attachée à son bras et fixée par l'autre bout au pommeau de sa selle.

De nombreux dragons suivent en arrière.

Tous descendent un coteau à travers les grandes herbes sèches, et sortent à gauche, de la forêt, dont les arbres sont dénudés par le froid de l'hiver.

Cette composition est une des plus riches et des plus importantes produites par le maître.

Les figures du premier plan ont 46 centimètres de haut.

Signé en bas, à droite : *E. Meissonier, 1883.*

Toile. Haut., 1 m. 12 cent. ; larg., 89 cent.

(Salon 1883.)

(Exposition des œuvres de Meissonier 1884.)

(N° 1008 de l'Exposition universelle de 1889.)

Collection Crabbe. Vente du 12 juin 1890, n° 12.

MEISSONIER

(JEAN-LOUIS-ERNEST)

8 — *Le Billet doux.*

Un jeune gentilhomme, l'épée au côté, est arrêté près du mur d'un château. Dans sa main gauche, il tient une lettre qu'il lit, et que vient de lui remettre un jeune messager qui, debout en face de lui et le regardant avec attention, la tête découverte, son feutre noir entre ses mains, appuyé contre sa poitrine, se tient dans l'attitude de l'attente et du respect.

La figure du gentilhomme, d'une distinction charmante, est une merveille de finesse d'expression. Il se tient debout, légèrement incliné sur le côté droit, sa main est levée à son menton; la lecture de la lettre amène sur ses lèvres un gracieux sourire de satisfaction. Il est vêtu d'une culotte brodée d'or, de bas rouges; à ses pieds, des souliers ornés de rubans rouges.

Signé au bas, à droite : *E. Meissonier, 1884.*

Bois. Haut., 30 cent.; larg., 20 cent.

(*Collection Crabbe. Vente du 12 juin 1890, nº 13.*)

ROUSSEAU

(THÉODORE)

9 — *Paysage, soleil couchant.*

Le soleil se couche dans un ciel mouvementé. Vers l'horizon, à gauche, les nuages de pourpre et d'or se reflètent dans la rivière, qui semble rouler du feu.

Au premier plan, un tertre garni d'une chaude toison de verdure, sur lequel s'élève un grand chêne d'un admirable dessin, qui se profile sur le ciel, formant un encadrement aux nuages dorés par le soleil couchant.

A droite, au haut du tertre, un rideau de jeunes arbres d'une verdure claire aux tons très fins.

A gauche, un sentier monte jusqu'au bord de la rivière; dans les herbes, est arrêté un grand canot plat où se tiennent deux personnages, une femme assise et un homme debout. Au dernier plan, au-delà de la rivière, un horizon de grands arbres se détachant sur les nuages empourprés du ciel.

Signé en bas, à gauche : *Th. Rousseau.*

Toile. Haut., 73 cent.; larg., 93 cent.

(Collection Alfred Sensier.)

(Collection Crabbe. Vente du 12 juin 1890, n° 17.)

STEVENS

(ALFRED)

10 — *Ophélie.*

« Des fleurs...... Qui veut des fleurs ? »

15 000

Dans un superbe paysage, de l'effet le plus poétique, éclairé par la lumière argentée de la lune, que l'on aperçoit à gauche dans le ciel bleu de la fin d'un jour d'été, s'avance comme une pâle et fantastique apparition la douce Ophélie.

Elle est vêtue d'une longue draperie blanche, une couronne de nénuphars est posée sur sa tête, d'où s'épand tout autour, sur ses épaules, avec les fleurs de sa couronne, sa fine chevelure blonde, sur laquelle viennent jouer les rayons décolorés de la lune. Elle semble glisser sur le gazon, près du lac, la tête droite, l'œil fixe et comme perdu dans le vague.

Dans la ceinture violacée qui entoure sa taille, et qui pend un peu en avant, elle retient des fleurs de sa main gauche.

Dans la main droite, elle tient aussi des fleurs, qu'elle répand distraitement à ses côtés, au bord de l'eau où se reflètent les rayons de la lune.

Tableau très important d'un sentiment poétique très profond, le chef-d'œuvre du maître.

Signé à gauche : *A. Stevens, 87.*

Toile. Haut., 1 m. 98 cent.; larg., 1 m. 19 cent.

Collection Crabbe. Vente du 12 juin 1890, n° 20.

Phototypie Berthaud Paris

10

II

WILLEMS

(FLORENT)

11 — *Le Message.*

Dans une antichambre, une jeune dame se tient debout contre un meuble.

Éclairée d'en haut en pleine lumière, vêtue d'une robe de satin blanc décolletée, elle étend le bras gauche et donne à un jeune valet des ordres pour porter une lettre qu'elle vient de lui remettre.

De ses doigts étendus, elle semble lui montrer le cadran d'une pendule placée sur le meuble et lui recommander de se hâter.

Le jeune messager est vu de dos, vêtu d'un justaucorps brun, de culottes courtes, bas blancs. Il a, dans sa main gauche relevée, la lettre qu'il vient de recevoir; de la main droite, il tient son large chapeau de feutre gris orné d'une plume.

Signé à droite : *Florent Willems.*

Toile. Haut., 83 cent. ; larg., 62 cent.

(*Collection Crabbe. Vente du 12 juin 1890, n° 28.*)

AQUARELLES

MALLET

(JEAN-BAPTISTE)

Grasse, 1759-1835

12 — *Le Lever.*

Dans une chambre du temps de Louis XVI, une jeune femme nue, assise sur les genoux d'une de ses compagnes, devant une petite table, tient une tasse. Une chambrière est debout à droite.

A gauche, une autre jeune femme en bonnet blanc, robe de soie marron, couverte de mousseline, est accoudée sur le dossier d'une chaise.

Gouache.

Haut., 32 cent.; larg., 40 cent.

Cadre en bois sculpté.

MEISSONIER

(JEAN-LOUIS-ERNEST)

13 — *Un Reître.*

Dessin au lavis de bistre rehaussé de blanc.
Signé et daté : *1867.*
Dedié a *M. Crabbe.*

Haut., 24 cent.; larg., 15 cent.

MONNIER

(HENRI)

14 — *L'Homme au manteau bleu.*

Aquarelle.
Signée et datée : *1853.*

Haut., 24 cent.; larg., 15 cent.

MONNIER

(HENRI)

15 — *Monsieur Prud'homme.*

Aquarelle.
Signée et datée : *1853.*

Haut., 24 cent.; larg., 14 cent.

MONNIER

(HENRI)

16 — *Une Promenade publique à Amsterdam.*

Aquarelle.
Signée et datée : *Amsterdam, 1837.*

Haut., 39 cent.; larg., 54 cent.

AMEUBLEMENT DE SALON

ET SIÈGES RECOUVERTS EN TAPISSERIE

TAPISSERIES

17 — Ameublement de salon en ancienne tapisserie d'Aubusson, à personnages et animaux ; encadrement de draperies et guirlandes en bois laqué blanc. Époque Louis XVI. Il comprend un canapé, huit fauteuils.

18 — Bergère en bois doré, garnie d'ancienne tapisserie d'Aubusson à draperies ; animaux au siège, et personnage au dossier, contre-fond bleu. Fin du xviiie siècle.

19 — Tapisserie flamande du xviie siècle. Sujets historiques à grands personnages. Larges bordures d'encadrement à cariatides en gaines, guirlandes de fleurs et fruits, oiseaux, trophées.

Haut., 4 mètres ; larg., 3 m. 30 cent.

20 — Tapisserie d'Aubusson du xviie siècle. Sujet mythologique sur fond de paysages. Larges bordures d'encadrement à cartels, chutes de fleurs et médaillon de paysages.

Haut., 2 m. 60 cent. ; larg., 3 m. 50 cent. environ.

21 — Deux tapisseries du xviiie siècle, à personnages dans des paysages : Homme couché au pied d'un arbre et campagnarde tenant une grenouille. Bordures haut et bas, à grecques, festons et enroulement de fleurs et feuillages.

Haut., 2 m. 85 cent.; larg., 1 m. 10 cent.

22 — Petit panneau étroit. Fragment d'une ancienne tapisserie du xviiie siècle : Femme dans un bois cueillant des fruits.

Haut., 1 m. 90 cent.; larg., 65 cent.

23 — Tapisserie-verdure d'Aubusson du xviiie siècle. Perdrix au bord d'un ruisseau, fond de château.

Haut., 2 m. 05 cent.; larg., 1 m. 15 cent.

24 — Deux tabourets carrés en bois sculpté peint blanc, de style Louis XVI, garnis d'ancienne tapisserie.

25 — Deux fauteuils en bois sculpté doré, garnis de tapisserie à fleurs, fond blanc. Encadrement de rinceaux. Style Louis XV.

26 — Bandeau et montants de cheminée en ancienne tapisserie. (Fragment de bordure.) Époque Louis XIV.

Développement, environ 4 m. 80 cent.

MEUBLES ET SIÈGES

MEUBLES EN LAQUE DE CHINE

OU DU JAPON

27 — Cabinet en ancienne laque noire, décor de fleurs en dorure, ouvrant à deux portes, et garni de tiroirs intérieurement. Pied-support en laque rouge. Ferrures en cuivre gravé.

28 — Grand meuble-bureau-armoire, garni de tiroirs et de compartiments, en ancienne laque rouge, décoré en dorure. Portes supérieures garnies de glaces gravées. Ancien travail hollandais.

29 — Grande armoire flamande en bois sculpté, à ramages, frontons, pilastres, figures, ouvrant à deux portes et deux tiroirs. xviie siècle.

30 — Bergère en bois sculpté laqué, époque Louis XVI, recouverte en soie brochée.

31 — Paire d'encoignures ouvrant à une porte en ancienne laque de Coromandel. Encadrement de bronzes ciselés et dorés à rocailles. Dessus de marbre. En partie de l'époque Louis XV.

32 — Chaise a porteurs en bois sculpté doré, panneaux en cuir décoré de rinceaux en dorure et clouté de cuivre. xviiie siècle.

33 — Paravent a six feuilles en ancienne laque de Chine à fond rouge, décor en léger relief de palais et paysages animés de nombreux personnages, cavaliers, etc. Encadrement de rinceaux de feuillages en dorure sur fond vert.

34 — Meuble-cabinet en bois noir mouluré, guilloché et sculpté, ouvrant à deux portes et un tiroir, sur une console à intérieur. xviie siècle.

35 — Bergère en bois sculpté, peint gris, dossier arrondi, pieds cannelés, époque Louis XVI. Garniture et coussin mobile en lampas à palmettes fond rouge.

36 — Coffret en laque noire et os du Japon, écoinçons cuivre gravé. Pied-support en bois noir.

37 — Pagode ouvrant à deux portes en ancienne laque de Coromandel, sur son pied-support.

38 — Meuble-cabinet en ébène et écaille, muni de tiroirs, ouvrant à deux portes, sur pied-suppport. xviie siècle.

39 — Petite table ronde en marqueterie de bois de placage, ornée de bronzes. Dessus onyx. Style Louis XV.

40 — Meuble-étagère sur pied-support en ancienne laque rouge de Chine, ouvrant à portes et tiroirs.

41 — Deux socles bas, support, en bois sculpté. Travail chinois. Dessus de marbre.

42 — Bureau dit dos d'ane, de forme contournée, ouvrant à deux tiroirs, en marqueterie de bois à cubes. Époque Louis XV.

43 — Bureau, à huit pieds et croisillons, en marqueterie de bois à fleurs et feuillages, muni de cinq tiroirs. xviiie siècle. Travail hollandais.

44 — Paravent à quatre feuilles en ancien cuir de Cordoue. La partie supérieure vitrée.

45 — Grande horloge, de forme architecturale, en bois de placage et marqueterie de bois de couleur. Mouvement à carillon et marquant les heures, les jours, les quantièmes, les mois, les phases de la lune. Le cadran marqué : *Jean Voileau, à Leyden*. xviie siècle.

46 — Petite table en acajou, munie d'un service à liqueurs en cristal. Monture vermeil. Style Louis XVI. De la *Maison Mapple*.

47 — Table ovale en bois sculpté doré, formant vitrine. Style Louis XVI.

48 — Écran en bois sculpté doré, avec feuille en tapisserie à bouquets de fleurs. Encadrement de rinceaux. Style Louis XV.

49 — Table rectangulaire en bois de placage, à quatre pieds à grosses boules, reliés par un croisillon. xviie siècle.

50 — Petite table ovale en marqueterie de bois de couleur, ornée de bronzes. Dessus de marbre onyx. Style Louis XV.

51 — Meuble-crédence en noyer sculpté.

52 — Canapé, recouvert en ancienne tapisserie-verdure.

53 — Guéridon-trépied en acajou. Dessus de marbre brèche. Galerie ajourée. Époque Louis XVI.

54 — Écran en bois sculpté peint blanc, rechampi d'or, style Louis XV, garni d'une feuille en ancienne tapisserie au point.

55 — Petit écran en bois sculpté doré, feuille en soie brodée. Époque Louis XVI.

56 — Dix chaises en bois tourné, garnies d'ancien cuir de Cordoue.

57 — Tenture murale en cuir de Cordoue.

FAIENCES ET PORCELAINES

58 — Très importante garniture en ancienne porcelaine du Japon, décor en bleu, rouge, or et émaux de couleurs, à larges lambrequins à l'épaulement et à la base ; aigles et oiseaux aquatiques dans des paysages sur la panse. Elle comprend cinq potiches couvertes, et quatre cornets.

59 — Potiche couverte en ancienne porcelaine, fond bleu de la Chine, à réserves, balustrades, rochers et fleurs en émaux de couleurs.

60 — Soupière couverte en ancienne porcelaine, décorée de bouquets de fleurs.

61 — Groupe en biscuit : Sujet allégorique.

62 — Paire de petits vases en ancienne porcelaine tendre de Sèvres. Monture bronze. Style Louis XVI.

63 — Kouanin et chimère en ancien blanc de Chine.

64 — Petit écran en laque rouge de Pékin, support en bois de fer.

65 — Cache-pot cylindrique en ancienne faïence de Rouen, décor bleu.

66 — Statuette : Jeune femme près d'un fût de colonne, en ancien biscuit.

67 — Verseuse et théière en ancienne porcelaine du Japon.

68 — Cafetière et verseuse en ancienne porcelaine de Chine, décor à fleurs en couleur.

69 — Petite cafetière en ancienne porcelaine de l'Inde, décor d'armoirie.

70 — Cafetière en ancienne porcelaine de Paris-Locré, décor en couleur.

71 — Petite théière en ancienne porcelaine de l'Inde.

72 — Lanterne en porcelaine, genre de la Compagnie des Indes, décor à fleurs en couleurs.

73 — Théière, sept tasses et soucoupes, trois tasses en ancienne porcelaine de Chine et du Japon.

74 — Paire de bouddha accroupis et deux divinités sur des chiens de Fô en ancien blanc de Chine et Personnage chinois couché en céramique chinoise.

75 — Pot a eau et son bassin en porcelaine tendre décorée, dans le goût de Sèvres. Dans un écrin.

76 — Écritoire en porcelaine de Vienne.

BRONZES

D'ART ET D'AMEUBLEMENT

SCULPTURES, ÉMAUX CLOISONNÉS

77 — LION ET LIONNE MARCHANT. Ancien bronze de *Barye*.

78 — TAUREAU ET MOUTON. Bronze de *Rosa Bonheur*.

79 — BUSTE D'HOMME en marbre blanc, d'après l'antique.

80 — BUSTE DE Mme RÉCAMIER en marbre blanc, d'après CHINARD.

81 — DEUX DIVINITÉS ACCROUPIES en bronze doré, l'une avec socle en bois. Travail chinois.

82 — PENDULE A COLONNETTES en bronze et marbre de couleur. Style Louis XVI.

83 — PENDULE-CARTEL D'APPLIQUE en bronze doré. Époque Louis XVI.

84 — PAIRE D'APPLIQUES en bronze doré à deux lumières. Epoque Louis XVI.

85 — LUSTRE en bronze et cristaux. Style Louis XVI.

86 — LUSTRE en bronze et cristaux.

87 — Paire de flambeaux de pagode en émail cloisonné de Chine, montés en candélabres à cinq lumières, en bronze de style chinois.

88 — Cinq coupes en ancien émail cloisonné de Chine. Pied en bronze.

89 — Petit brule-parfum en ancien émail cloisonné, forme feuille de lotus. Socle et couvercle en bois de fer ajouré.

90 — Sept petits plateaux ronds ou oblongs et trois petites coupes, dont deux couvertes, en émail cloisonné de Chine.

91 — Flambeau de pagode à chimère et une lampe à suspension en bronze chinois.

92 — Deux petites vasques en émail cloisonné de Chine. Sur pied-support en bronze de style chinois.

93 — Jardinière polylobée en émail cloisonné de Chine. Monture en bronze de style chinois.

94 — Paire de bouteilles en ancien émail cloisonné de Chine. Socle en bois de fer.

95 — Deux brule-parfum en émail cloisonné de Chine.

96 — Vase carré en émail cloisonné de Chine ; arêtes à grecques.

97 — Grand brule-parfum tripode, couvert, en émail cloisonné de Chine.

98 — Deux grandes bouteilles en émail cloisonné de Chine, sur pieds-supports en bois de fer ajouré.

99 — Grand brule-parfum en émail cloisonné de Chine, anses-dragons, pieds-trompes d'éléphants.

100 — Paire de flambeaux de pagode en émail cloisonné, montés en candélabres en bronze. Style chinois.

101 — Paire de vases-cornets carrés en émail cloisonné de Chine. Monture en bronze de style chinois.

102 — Paire de pots ovoïdes en émail cloisonné de Chine. Monture en bronze. Style chinois.

OBJETS VARIÉS

103 — Groupe de deux personnages en marbre. Travail chinois.

104 — Environ trente netskés en ivoire et bois, et autres objets. Travail japonais et autres.

105 — Pagode en bois sculpté et laqué, intérieur figurant une grotte, avec nombreux personnages. Socle en bois de fer ajouré et sculpté. Travail chinois.

106 — Coupe, forme fruit, en cristal de roche. Socle et couvercle en bois de fer.

107 — Boite en laque dorée du Japon.

108 — Petite pagode en bois laqué, renfermant une divinité. Travail chinois.

109 — Groupes de sept personnages en ivoire sculpté. Travail japonais.

110 — Deux petites coupes à anses en jade et petit écran en lapis. Socle en bois de fer. Travail chinois.

111 — Deux inros et un étui en métal, bois et laque. Travail japonais.

112 — Petite coupe en bois sculpté, forme fruit. Travail chinois.

113 — Vase a pinceaux en pierre de lard sculpté. Travail chinois.

114 — Petit coffret à tiroirs intérieurs en ancienne laque du Japon, décor à paysages en dorure, fond noir.

115 — Petit coffret en bois incrusté de nacre. Travail chinois.

116 — Deux petits coffrets en écaille, dont l'un avec flacons intérieurs. xviie siècle.

117 — Statuette en bronze doré et ivoire sculpté, figurant l'Agriculture. Socle en marbre.

118 — Coffre en acier bordé d'ivoire, orné de trois miniatures. Fin xviiie siècle.

119 — Deux étuis a tablettes en jade vert sculpté et ajouré. Monture en bronze gravé. Support en bois de fer.

www.ingramcontent.com/pod-product-compliance
Ingram Content Group UK Ltd.
Pitfield, Milton Keynes, MK11 3LW, UK
UKHW020942180726
13838UKWH00003B/1077